Steffen Mensching   Berliner Elegien

Die Sisyphosse. Eine Bücherreihe

Steffen Mensching

Berliner Elegien

Faber & Faber

Alles gleich. Gültig alles.
Auschwitz, Wandlitz, Austerlitz.
Ein Abwasch, ein Knopfdruck,
Hokuspokus. Ab in den Lokus.
Löscht die Festplatten.

Amnesie, Amnestie, Baum und Borke,
Vergasen, Vergessen, tertium
Non data. Wer sich zum Fenster
Hinauslehnt, Jan Hus z. B.,
Muß sich nicht wundern, wenn ihm
Der Kopf etcetera, Häretiker,
Theoretiker, selber schuld,
Pech gehabt.

Man nehme Dr. Oetker.
Warum schlägt niemand Dr. Oetker
Zum Nobelpreis vor?
Kein Taktiker, ein Praktiker.
Appetitlich, friedlich
Haben sich seine Rezepte
Zumindest bewährt. Eigner Herd
Und Nährwert, nix da
Mit Mehrwert.

Der Fetischcharakter der Ware,
Ausgelegt von Beate Uhse,
Ausgezeichnet. Proletarier
Aller Länder? Schwamm drüber.
Schlamm drüber. Planierraupen
Schieben die Gräber zusammen,
Vereinigt in der Entsorgung.

Ab in den Orkus. Glücklich ist,
Wer vergißt. Das Jahrtausend
Geht sauber über die Rampe.
Keiner kommt ungeschoren davon.
Heil Alzheimer. Dreimal Nullnull.
In Bad und WC alles okay.
Demnächst im Kino.
Sean Connery als Thomas von Aquino.

So viele Denkmale Steine eingeweiht
So wenige Menschen

Zwei Mann zwei Kräuterschnaps
Und Bier. Drei Stunden sitz ich schweigend
Hier. Das Mädchen in der Ecke
Weint. Die Tränen tropfen
Auf das Kleid. Im Radio spricht ein Klassenfeind
Von Freiheit. Wir sind nicht gemeint

Singsang der Mulla vom Turm der Moschee
Am Marx-Engels-Platz. Altehrwürdige
Suren. Amerikaner aus dem Mittleren Westen
Werfen *some coins* in den Neptun-Brunnen. Punks
Und Popper tauchen nach dem Geld. Black
And White barfuß im Zentrum am Rande der Welt

Wir hatten schon Abschied genommen, ich hab es
Und Du hast's gewußt, deine Hand
In meinem Nacken, meine Hand an deiner Brust,
Umarmten wir uns, verwechselten wieder
Hoffnung mit Wahn und Verzweiflung mit Lust

Steinhart mit soviel Nacht
Zwischen den Zähnen zwischen diesem
Und jenem Stern, schlaflos
Außer Atem, blieben wir, umklammert, liegen
Am Rande der Milchstraße

Arrival Schönefeld. Nicht Heimkehr nicht
Bestellt nicht abgeholt einsamer
Koffer auf leerem Transportband immer
Im Kreis immerzu zu spät (salut
Schöne Welt) oder zu früh

Wir die wir hoffnunglos
Verloren sind Mond
Kalte Sichel
Über den Dächern des Thälmann-
Parks bist Du das dritte
Komma das fehlt

U-Bahn-Gitter nasser Schnee auf der Schönhauser
Allee alle Kneipen dicht *deux flics*
democratiques streifen dich schrägen Blicks
In den Hotel-Foyers den Aquarien an der Mauer
brennt Licht
Die ersten Menschen gehen zur Schicht

Im Ministerium zum Staatsempfang
Spielte ein Punk-
Trio aus Rio, Bautzen oder Caracas
Kein Wunder, daß
Das Fest gelang, dank
Hegel am Flügel, Plato am Baß
Und Nick Macchiavelli, Gesang

Zehn bis zwanzigtausend acht bis neun-
Jährige Pioniere grüßen mit
Kleinen Fäusten (abgeknabberte Finger-
Nägel) hundert
Lachende Genossen
Auf der Tribüne. Auf fünf anderen Sendern
Schießt man und fickt. Knapp
Zweitausend Jahre nach Christus

Chile siebenundachtzig
Hunderttausend Unerhörte Schreie
Des Entsetzens Steine
Knüppel Tränengas Der Papst
Spricht die Weihe
Der General denkt Das kriegen wir
Nieder wieder in die Reihe

Was sah der Mann, der, in Calvinos
Erzählung *Das Mienenfeld*
Durchquerend, von einer Laune genarrt
In den Handspiegel blickte, Sekunden
Bevor er das Eisen berührte
Das ihn zerriß wie ein Blatt
Papier in Hunderte kleine Stücke

Öde an einen klemmenden Buchstaben und Heinz C.

Ögöttögött, wie mir das Singen vergeht.
Mein Camputer verweigert Klapstacks
Ehrung. Eden erwartend kann ich nach
Über Heinz eder Auden, Wystan Hugh, Öden
Verfassen, wie der über Yeats uder Freud,
Siegmund, nur leider öhne den feierlich
Mundrund staunenden Buchstaben.

Die Marquise van A, Edgar Allen und der
Gleichklingende Italienische Fluß (Arsch du
Preiswerter, der Spitzentechnelegie) gehören
Nicht länger zu meinem petenziellen Wartschatz.

U Mensch! A Schrecken! I Graus!
Ich wahne im Esten! Helft, Genussen, ihr,
Im Palitbüra des Zettka, Gelebten,
Die das Vulk auch abgekürzt kennt, mir
Aus der Verklemmung. Pasitiv aptimistisch
Und glarreich wallte ich nie sein, dach heute.
Erst was fehlt, scheint uns ein Mangel.

Mein Freund Chechöwski, ein Ödendichter
Aus Sachsen, verzweifelte längst, ich aber
Sachlicher Preuße, mach, wie su aft,
Aus der Nut eine Tugend.

Schließlich geht es auch ahne. Van
Prävisärium zu Prävisärium. Gejubelt
Wird schön genug und wenn ich
Anstatt des wunderbar uffenen Lauts
Lauter Nullen einsetze, fällt das hier
Siewiesau
Keinem mehr auf.

Dort wo der Teppich liegt

Geht der Staat nackt, vorbei
Die Zeiten der Scham? Das ist nicht, rief er
In das Schweigen zwischen
Den Bruderküssen, *mein Gesicht, das*
Ihr vertretet, nehmt es weg, die Fratze,
Riß das Gesicht ab, *packt*
Zu den Reliquien, das, rief er, *bin ich nicht, was*

Haben wir aus mir gemacht, seid ihr noch
Wir, bei Sinnen, zu trösten, rief er
In den verleugneten Januar
Und warf das Gesicht
Zu Boden, dort wo der Teppich liegt. *Vielleicht,*

Rief er (und lachte), *bin ich im Recht,*
(und lachte, als sei er irre) *zu fragen, was ich*
Hier, (oder jenseits von Gut und Böse),
Schrie er, *eigentlich soll,* als sie ihn
Wegführten, in den schäumenden
Jubel. Nur sein Gesicht oder das
Was davon übrig war, blieb am Boden. Niemand

Faßte es an, trug es fort, langsam
Brannte es sich
In die Erde. Dort wo der Teppich liegt.

Dieser Tag, wird es heißen, war der heißeste
des Jahres,

dieser unvollendete Tag,
dieses unvollendeten Jahres,

obwohl niemand weiß, wieviele heiße Tage
noch kommen.

Er aß seinen letzten Apfel, kaute sehr langsam,
blickte seelenruhig über die Dächer der Stadt,
als ich sagte: auffällig, wie die Unauffälligen
abnehmen, die Landschaft ist derart

lebensfroh geil schreiend in allen Farben,

siehst du meine Gänsehaut?

Sie sagte: in Europas gemäßigten Zonen stirbt
die Verzweiflung, die Begeisterung und

kein großer Dichter legte Hand an sich,

Gottseidank

reden alle nur vom Untergang,

aber ich friere.

Er kaute, schlug das Buch zu, wusch sich die Hände,
griff zum Telefon, wählte, hörte das Besetztzeichen,
legte den Hörer auf die Gabel, öffnete das Fenster
und sprang mit geschlossenen Augen aus der 12. Etage.

Die Rettungswagen fuhren vorüber,

siehst Du meine Gänsehaut, obwohl du
neben mir läufst,
meine Geliebte, in der Sonne.

Vier Schaufeln Sand auf die dunklen Flecke,

die Schaulustigen verliefen sich,

ein Schuh blieb liegen, in den Forsythienbüschen,
schwarz, Größe 28, am Hacken etwas abgelaufen,

drei Kinder spielten Fußball damit,

als wir, Arm in Arm, im Schatten des Hochhauses
Platz nahmen im Wohngebiets-Café,

hier ist es kühl, sagte sie, wie in einer Kirche,
wie in einer Prosektur, sagte ich witzelnd,
und erst fünfunddreißig, sagte die Frau.
Idioten, sagte der Kellner.

Simulis. Simulis. Leben, unerschöpflicher Fundus
Der Automatenhersteller. Der Computer, die Lösung.
Wir brauchen das Problem. Datensafaris mit *Maus*
Und *Joystick* durch Labyrinthe, Helikopter
Vom Himmel holend. Dreidimensionale Vagina, offen
Wie eine Verheißung. *Online* sein oder nicht sein,
Basic und Überbau. Trudelnd in den Hudson-River,
Abstürzend auf dem Bildschirm, wirst du
Beim Landeanflug auf den Kennedy-Airport, Sekunden
Vor allen anderen Passagieren, den Fehler
Erkennen, des Rechners an Bord, des Piloten,
Und umsonst, simulis, simulis, die Taste suchen,
Die das Spiel unterbricht, kurz vor dem Aufprall.

Das waren noch Zeiten, als man so was wie dich,
Erfinden konnte, Marlowe, Ersatzheiliger
Ohne Universitätsabschluß. Keine Spur von Kant
Oder Wiesengrund. Aufklärer bis zum Knockout.
Die Füße auf der Schreibtischplatte, die Luger
Im Schulterhalfter, Whisky trinkend, immer gut
Für einen dummen Witz. Unbestechlich. Ein Kerl
Wie er im Buche steht. In Erwartung der Klienten
Oder der Vorhölle. Mein Gott, Phil, Großmaul,
Säufer, Weiberheld, wenn nichts mehr ging, gab es
Immer noch dich, der den Hörer abnahm, spät
In der Nacht, sich das Kinn kratzte, okay, okay,
Baby sagte, werd sehn was sich machen läßt.
Ruf mich an. Aber nicht vor dem Frühstück.

Aus der Handlung aussteigen wie Tom Baxter
Oder Gil Shepard in *Allens Purple Rose*
Of Cairo. Vermessener Sprung in den anderen
Wirklichen Film. Als finge alles am Ende
Noch einmal an. Du wechselst Worte, Kleidung,
Rasierwasser, Freunde verschwinden
Im alten Adressbuch. Schwärz deinen Namen
In allen Akten, blasses Phantom, in der U-Bahn
Wird man dich erkennen, an deinem Gebiß,
Deinen Lügen, dem harten hölzernen Tanzstil.
Irgendwann, den Sohn an der Hand, stolperst du
Über den eigenen Schatten und kehrst,
Stürzend ins Spinnetz Erinnerung, wie Shepard,
Alias Baxter, in deine Geschichte zurück.

Nach zehn kamen die Freunde, die Kinder
Wollten (wie immer) nicht schlafen, wir
Besprachen (wie früher) im Halbkreis
Sitzend, das unerträgliche tägliche Schweigen
(Wie immer), pflegten unsere Traurigkeiten
(Wie früher) gedachten (wie immer) aller
Weltverbesserer Appelle, die in Bücherschränken
Und Antiquariaten (noch immer) Staub fingen,
(Wie früher) damals, sagte einer, und wußte,
Er mußte den Satz nicht beenden, vor dem Fenster
Blühten (wie immer im Frühjahr) die Linden,
Nur wenige Bäume starben im Winter, ein Freund,
Sagte ein Freund, verunglückte tödlich, schon
Im Oktober, wir hatten ihn nicht vermißt,
Tranken ein Glas auf sein Wohl, schämten uns
Etwas, um Mitternacht schrie der hungrige Säugling
Der Nachbarin, wir rauchten, der Mond schien
Und alles gesagt, altkluge Kinder, sagte er,
Sind wir, noch nichts erlebt, schon müde
Und wollen doch noch nicht schlafen, wir machten
Den Fernseher an, die letzte Flasche auf
Und schlossen das Fenster zur Straße.

Verzweiflung, stumpfer Haß, ach was, hast du nicht
längst begriffen, daß
Dein Sprung, die weiche Landung, glückte. Nur Säufer,
Katzen und Verrückte
Halten da mit. Steh auf, mach hin, den goldnen Schnitt,
topfit
Im Schlagschaum, Schlamm, im Supermarkt. Fettleber,
Weltschmerz, Herzinfarkt,
Die eilige Dreiheiligkeit, sind halt der Preis
der neuen Zeit.
Trotzdem, gerade darum, weil, Blabla, du warst und bist
und bleibst ein Teil
Der Scheiße heckenden Maschine. Dein Kummerblick,
die Leidensmiene,
Grimassen, leere Fratzen, aus einem kleinen Fernsehspiel,
die keine Sau mehr kratzen.
Dein Tisch, dein Konto sind gedeckt, was willst du
noch, verreckt
Wird irgendwo, fern am Äquator. O großer Hunger,
fleißigster Diktator.
Du siehst, was auf dich zukommt, alles fließt,
mit Schaudern und genießt
Die Lust des Kompromisses. Schweig still, halt's Maul,
mein Freund, vergiß es,
Wie du es immer drehst und wendest, du verendest,
Am Tag der Pleite, als Verlierer auf der Siegerseite.

Wie tote Ketzer, verknotet, hingen
Die Fahnen der Chiliasten
Im reglosen Mittag. Arme irre
Selbstmörder, im Schlaf überrascht
Vom Schmerz der Erinnerung

Durchwachte Nacht. An dich gedacht
Zigaretten sieben keine Zeile
Geschrieben jetzt rauch ich
Die siebte Gute Nacht Geliebte

Abzählvers. Im Frühling
Blühen
Die Bäume mein Kind
Die noch nicht
Gestorben sind

Ich hatte die Wahl
Gab meine Stimme
Ab in die Urne Trat
Stumm auf
Die Straße zurück

Dreizehn ausreisende Russen
Am Grenzübergang
Friedrichstraße. Verschnürte
Koffer, Bündel
Aus Wachstuch und Leinen. *Babuschka*,
Grüne Strickjacke,
Gelbes Kopftuch, sagt *Exit*
Eto Wuichod, schlägt
Das Kreuz und verschwindet
Tippelnd
Durch die eiserne Tür

Durch schlechte Nächte schwankt ein Marsch
Der Trauer. Vorbei an einer roten Mauer. Durch
Eine kalte Stadt. Ein altes Stück. In alter Weise
Marschiert die große Pauke vorneweg (als Stimmer)
Mit schwerem Stiefelschritt. Die andern Stimmen
Singen leise. Und spielen wieder nur noch mit

Schwüre Geschwüre alles wächst alles
Wuchert mir über den Kopf alle Befunde
Positiv im Fluß
Alles, nur ich schweige, betreten
Über die Ufer

Die Stunde ist gelb wie der Finger
Des Kettenrauchers. Die Vergleiche
Geraten zu kurz. Die Schatten
Wachsen. Die Trauer
Kreist uneinholbar auf der null-
Redundanten Erdumlaufbahn

Im Naturkundemuseum
Sieht man
Die ausgestorbenen
Pflanzenarten für eine Mark
Fünf, vor dem Museum
Die aussterbenden
Für umsonst

Tags schreien die Kinder auf dem Spielplatz
Hinter dem Haus, am Abend, bis in die Nacht
Die Katzen, morgens die Vögel,
Dann wieder die Kinder. Bei Regen ist es
Unheimlich still

Die Stille senkt sich. Stumpfe Guillotine Zeit.
Nun weiß er, Sterben heißt verbluten.
Der Apfel fällt nicht weit, in einen Korb, ach
Großer weiser Newton

Geworfenheit. Hingabe
An ein Einzelwesen mit Haar Speichel
Biografischen Angaben
Es ist Nacht in den Deutschländern
Die Linden riechen nach Zimt
Und Sterbentutweh

Zu Schanden geritten, gesoffen, gebraucht.
Tagtäglich, stündlich, sekündlich gebraucht.
Emsiger Muskel, Pumpe, die stöhnt.
Verschenkt, verbittert, verraten, verhöhnt.
Du pochst, also bin ich, zuckender Schmerz,
Noch lebe und lieb ich, schlagfertiges Herz

Die graue Wolke wanderte über die Stadt-
Mitte. Wie isses Wetter so, rief ich, in
Der andern Welt?, ins Telefon. Regen,
Sagtest du, am Bahnhof Zoo stehend. Und
Bei uns? Noch scheint die Sonne, sagte ich
Leise und verschluckte: bei uns

Schöne schlanke Scheherezade
Das Thälmannsche Politbüro
Auf Stalins höchst-
Persönlicher Personenwage
Unrecht oder Gnade. Im Fernseher
Die Militär-
Im Radio die Hitparade

Nix Kühnheit nix
Fortschritt aujourdui
Towaristschi mein malenki
Sohn took his Quakfrosch
Le permier fois
In his left Hand and
Step by step, amigos mio
That's my message
Lebet wohl in pace

January the first. Day
Of suicide. Luftleerer Mittag.
Einsames Weltall. Die Sonne
Sieht die Erde. Déjavu.
Verschobenes Morden. Die Welt
Der Feiern müde verspricht
Neuen Anfang. Alles
Geht weiter. Die Kugel
Nimmt still ihre Bahn

Gerissene Burschen, schnelle Finger, meine Freunde,
Die Hütchenspieler in der Einkaufszone kennen sich aus
In den Seelen der Produktengläubigen. Psychologen
Des Alltags, braungebrannt, Goldkettchen, Insektenaugen,
devot
Vor den Opfern kniend, Simsalabim, fix mit der Lippe,
Schlechte Menschen, noch schlechtere Verlierer.
Levantiner
Vom Balkan. Trickkünstler, Nomaden mit zweifelhaften
Papieren,
Gitarren, Frauen, Kindern und Zahnlücken.

Wie die Schächtelchen tanzen. Wer weiß wo Kugel? Alle
Augen
Verfolgen die Hände. Alle Köpfe sagen, alle Köpfe hier
Wissen um den Betrug. So ist das Leben. Den Betrüger
betrügen.
Das ist der Preis. Die unheimliche heimliche Sehnsucht
Der Zukurzgekommenen. Ein Irrtum. Wie immer.

Der Geschädigte (laut Polizeibericht) nutzt,
Wie er meint, seine Chance, tippt auf die Schachtel,
Ins Leere, und verliert, nicht wissend, warum er,
Der wußte, er kann nur verlieren, doch spielte.

Und schon wieder starren die Augen
Auf die schwirrenden Finger.

Grummelnder Kehllaut. Gutturale
Erscheinung. Velar? Palatal? Egal,
Tief aus dem Rachen. Ein Urlaut,
In aller Munde, als man noch mählich
Gedanken verfertigte (beim Reden).
Heute hingegen. Über Risiken
Und Nebenwirkungen lesen Sie
Die Packungsbeilage oder fragen Sie.
Fragen Sie, fragen Sie. Die Antworten
Liegen uns auf der Zunge. Pausenlos
Sprechen, die Kunst Nichts zu sagen.
Papperlapapp. Druckreif parlierende
Vorschulkinder. Mein Physiklehrer
Und Herbert Wehner wußten noch,
Ihre Sätze zu dehnen, plötzliche Löcher,
Aus denen der Sinn fällt. Rhetorische
Suspense. In *Husbands and wifes*
Irren die Schauspieler durch ihre Texte
Wie durch Labyrinthe englischer
Gärten, auf der Suche nach einem Punkt.
O wie das Gaumensegel im Atemfluß
In Schwingung gerät. Spannungsgeladenes
Stottern, da kommt doch noch was,
Tatsächlich, die Botschaft, Conclusio,
Ein rettendes Späßchen, als knarrte, äh,
Eine Tür und öffnete, jäh, einen Raum
Für, äh, einen unbekannten Gedanken.

Kühne & Koch

Eine sonderbare Firma,
Die Teilhaber, Überbau-
Spezis der Arbeiter-
Und Bauernmacht, ihr Tod,
Freiwillig, vereinte sie,
Unfreiwillig.

Aus verschiedenen Richtungen
Kommend, müssen sie
Das gleiche gesehen haben,
Finito, konez, the end.
Ein Irrwitz der 80er Jahre.

Der Guru, mit dem Hang
Zum Bizarren, liebte das Meer
Und die Kühle, am Jahrestag
Der Oktoberrevolution
Ging er, ins Wasser.

Die Streitaxt der Abteilung
Kultur im Zettka,
Der Mann fürs Grobe,
Suchte sich
Im Gebirg einen Baum.

Kopfschüttelnd starrte
Freund und Feind
Auf die Gräber, Freund
Und Feind, Plusminusnull,
Tote sind schwer
Zu verrechnen.

Obwohl alle wußten,
Die Linie bleibt
Die kürzeste Verbindung
Zwischen zwei Punkten,
Sah niemand
Von einem Zusammenhang
Auch nur die Spur.

Immer, wenn er darauf zu sprechen kam, auf
Jenes, das sein Leben, und ihn, wie er
Hinzufügte, verändert, gestärkt, gelenkt
Und geformt hatte, fiel ihm, und, wie er
Zum x-ten Male betonte, nicht zum ersten Mal,
Das Wort, das die Sache benannte, beschrieb
Oder zumindest andeutungsweise andeuten
Konnte, denn wie sollte, ein einziges Wort,
Eine Sache wie diese, so gewaltig, komplex,
Epochal etcetera, ausfüllen können, also,
Ausgerechnet dieser, zugegebenermaßen und
Logischerweise vage Begriff, fiel ihm,
Wie der Name eines alten, liebenswerten
Bekannten, der längst verstorben war oder
Verzogen, einfach nicht ein, dieser Name
Dieser Sache, für die er sein Leben, sich,
Wie er flüsternd gestand, vergeudet,
Verhöhnt, vertan hatte, dieser Irrsinn,
Diese Prozession oder Veranstaltung,
Dieses Zwischendurcherlebnis fiel ihm
Nicht ein, diese Sache, du verstehst,
Diese Liebe, dies Verbrechen, meinte er,
Die ich meine, meinte er und fuhr fort, ohne
Die Antwort abzuwarten, flüsternd, in sich
Kreisend, wie ein Schrei in einem Brunnen.

Wir bedienten, was gefordert,
Überreizten, hörten, sagten,
Sagten weiter, paßten, drückten,
Gaben Kontra, trumpften auf,
Mischten neu, zeigten, Hosen
Runter, was wir hatten, waren vorn,
Waren hinten, quetschten Asse,
Mauerten, marschierten durch,
Verschenkten Augen, schoben,
Ramschten, waren, in der Regel,
Schneider, schwarz, am Ende
Allesamt im Keller, in den Nassen.

Revolution war schon
Längst nicht mehr erlaubt.

Was ich verdiene? Zweieinhalb brutto.
Nicht schlecht, ist das das,
Was du kriegst? Schön wär's, sagte sie.
Sorry, mein schwarzes Loch, sagte ich.
Sie sah mich an wie eine Erscheinung.
Ich meine nicht dich, meinte ich,
Ich meine, ich kann mir nicht merken, was
Was ist, brutto und netto,
Wie die Krümmung des Alls, ich verstehs
Und stehe, einen Augenblick später
Erneut im gnoseologischen Nebel.
Lohnbuchbescheide stürzen mich, siehe Kleist,
Regelmäßig in mittlere Kant-Krisen.
Dummerjahn, sagte sie, nicht ohne Mitleid,
Nicht ohne Stolz, brutto ist
Mit Verpackung, netto ist in der Tüte.
B ist am Anfang, N ist am Ende
Des Alphabeths. Komm mir nicht, rief ich
Mit frühem Braunschen Pathos,
Mit Eselsbrücken, ich lebe in einem Irrgarten
Voller Brücken, ich, der Esel, schreie
Auf jeder Heureka, ganz wie beim Lotto,
Immer daneben. Mein Gehirn
Ist wahrscheinlich zu komplex strukturiert
Für einfache Wahrheiten. Sie sagte
Nichts. Bestimmte Dinge, unterbrach ich
Das belämmerte Schweigen, lernt man
Halt nie. Eine traurige Wahrheit,
Doch kein Grund zum Verzweifeln. Was man hat
Oder nicht hat, ist am Ende
Doch schnuppe. Alles verschwindet
In der Krümmung des Alls, in einem dieser
Schwarzen Löcher, die man auch
Nie begriff, aus denen man auftaucht, in die

Man hinabsteigt. Sie schien
Sehr betroffen, dann sagte sie, was
Verdienst du eigentlich?
Rote Zahlen, stotterte ich, schwarze Löcher.
Brutto wie Netto. Hinten wie vorne.
Jedenfalls niemals genug.

Das gewisse Etwas

Etwas, neben einem Hund, eine Art
Schäferhund, schwarz, etwas zottelig,
Etwas, neben einem Hut, schlägt
Kopfüber auf den Bürgersteig, etwa
Acht Meter vor dem Café, bleibt etwas
Liegen, wider Erwarten, etwas erregt
Zwanzig Sekunden lang Aufmerksamkeit
Im Polizeifunk, etwas, etwa Mitte
Vierzig, männlich, erbricht etwas
Blut auf die erbettelten Münzen, etwa
Sieben Mark, die etwas nicht mehr
In Wein verwandeln wird, etwas, zu dem
Sich der Notarzt, etwas außer Atem,
Den Weg bahnt, etwas, das Harry heißt,
Kalle, Keule oder so etwa, etwas
Mit zehn Zähnen, verwaschenen
Augen rast mit etwa achtzig km/h
Und Sirenen durch den Freitagabendstau,
Etwas ohne Identität, Wohnsitz
Und Angehörige liegt, etwas sabbernd,
In einem Bett, etwas, das lange
In keinem Bett lag, hängt am Tropf,
Etwas für das jede Hilfe etwas
Zu spät kommt, etwas, dem man etwa
Ein, zwei Tage gibt, höchstens
Eine Woche, etwas, das als Kind etwas
Werden wollte, Lokomotivführer,
Etwas mit Rechtschreibschwäche
Und gelbgrauen Fingern, etwas
Vernarbt, unter der Sauerstoffmaske,
Etwas unter dem Existenzminimum,
Etwas, das nie mit dem Flugzeug flog,
Etwas, das der Diensthabende
Der Station, etwas übermüdet, abschaltet,

Während der Tagesschausprecher etwas
Regen ankündigt, etwas mit einer Nummer
Am großen Zeh des rechten Fußes,
Schon etwas kalt, wird rasiert
Und gewaschen, etwas verbrennt,
Etwas später, zu etwas Asche, etwas
Spurloses, auf das im Tierheim
Etwas wartet, ein Hund, eine Art
Schäferhund, schwarz, etwas zottelig.

Bei Dessau, im Stau, schöne Fata Morgana, dein Name,
JA-NA, dein Bild, im Qualm, auf dem Nummernschild
Eines LKW, mitten im Pulk. Ein Wink, ein Zeichen
Der Götter, ein Ulk? Blasse Mauritius, seltenstes Stück
Der Erfahrung, zu dir, zum Glück, zur Natur, muß ich nur,
Raus aus dem Rennen, zum Ursprung zurück. Nomen
Est omen. Singende Gnomen, ins Strauchwerk gedrückt,
An den Straßenrändern: *Du mußt, du mußt dein Leben*
Ändern. Hört sie denn keiner? Zehntausend Rainer,
Marias und Rilkes rufen hupend die Polizei, zur Hölle
Mit euch! Kupplung und Gas und vorbei und vorbei.

Drei Grauwale vor Alaskas Küste. Eingeschlossen
Im Packeis. Amerika, vor den Fernsehapparaten,
In banger Sorge. Im Hintergrund, der Wahlkampf
Geht weiter. Der Präsident auf dem Laufenden. Luft
Wird knapp. Haben Anschluß verpaßt. Eskimos
Mit Spitzhacken. Ihre Artgenossen tummeln sich
Längst im Golfstrom. Die Airforce
Schickt Hubschrauber. Die Universität Princeton
Konstatiert: Aufheizen der Atmosphäre. Schmelzen
Der Pole. Verbrennung. Überflutung. Verdorrung.
Das Neuste in Kürze. Drei Wale tauchen auf
Zwischen der Hundefutterreklame. Der Hunger
Von heute ist nichts. Gegen den Hunger
Von morgen. Randländer. Im Packeis der Weltbank.
In der Umarmung von Zins und Zinseszins. Luft
Wird knapp. Anschluß verpaßt. Artgenossen
Im Golfstrom. Die Airforce schickt Hubschrauber.
Der Präsident auf dem Laufenden. Ein Fesselballon
Verschwindet im Ozonloch. Amerika
In banger Sorge. Der Kampf geht weiter.

Während der Regen die Fensterscheiben hinabläuft
Im *Le diplomat*, rue de la Convention
In Montparnasse,
Während ich den zweiten Kaffee bestelle
(Den ich mir nicht leisten kann)
Während ich wieder Zigaretten rauche
(Obwohl ich aufgehört habe)
Und den Frauen und jungen Mädchen
Auf der Straße hinterherstarren muß,
Während Regenschirme vorbeidefilieren,
Kinder, Aktenkoffer, Autos
Mit gelben Scheinwerfern,
Während das Unwirkliche geschieht,
Mich meine Handlungen verwirren,
Während ich wieder Gedichte schreibe
(Obwohl ich aufgehört habe)
Und nicht weiß, ob es Gedichte sind,
Ob ich das gut heißen soll,
Während ich weiß, daß hier, zwei Straßen weiter,
In der rue Dombasle Walter Benjamin wohnte,
Während der Schrecken sich fortsetzt,
Während ich Vater werde und werden will,
Während am Tresen zwei Maurer stehen
Und mich an einen Text von Prevert erinneren,
Während Tabak verkauft wird und die Wetten
Für das Rennen am Wochenende,
Während die Zeit vergeht,
Mein Leben, mein Visum abläuft,
Während man in meiner Heimat,
Die ich kaum mehr erkenne,
Noch jemals so nannte,
Der Dummheit und eiskalten Macht
Eine neue Mauer errichtet,
Die ich nicht mehr begreife,

Die mich schmerzt und festhält
In dieser anderen Welt,
Die ich verlasse, die meine
Nicht ist und der ich
Immer ähnlicher werde.

Blackie und *Wasp* tauften wir die
Verwöhnten, fetten Biester, anti-German
Bis in die Schnurrhaare. Jede Ecke
Ihr Pißfleck. Scheiße, sogar
In der Duschwanne. Fremder, was treibst du,
Des Nachts in Manhattan? Katzenspreu
Kaufen und Bourbon.

Blackie und *Wasp* spielten Stadtguerilla
Zwischen den Slips
Und Büstenhaltern der Tochter
Des Hauses, Broadway, Ecke
102te Straße. Das Appartement,
Ein Schlachtfeld.

Dann kamen die zwei Engländerinnen
Aus Jamaica herüber, braungebrannt
Und abgetanzt, besetzten sie
Den ganzen Tag
Das Badezimmer und würdigten uns
Keines Blickes.

Barrikaden aus *Budweiser-Dosen.*
Als die Klimaanlage ausfiel,
Kapitulierten wir, irrten
Mit vollen Blasen,
Auf der Suche nach einem Klo,
Durch Greenwich Village,
An einem toten Fixer vorüber.

Stoned und stöhnend, die Augen auf
Halb acht, so sehen sie aus,
Die letzten Gerechten, wir
Stanken nach Schnaps

Und Urin, selbst die Bettler
Machten um uns
Einen Bogen. Kein armes Schwein
Verkaufte uns
Einen Ziegelstein,
Für zwanzig Dollar, Stunden
Nach *midnight*, verloren in *Brooklyn*.

Ich erwachte in der Dämmerung
Und wußte, was *Jazz* ist,
Erfährt jeder am eigenen Leib.
Die Faust zwischen den Schenkeln,
Sirenen vom *Off-Broadway*,
Katzenpisse unter dem Kissen.

Ein schnurrendes Stöhnen, Miles Davis
Stella by starlight schwappte
Ins Zimmer, wo mein Hemd lag,
Glänzten zwei gelbe Augen. *Wasp*
Oder *Blackie* oder eine
Dieser keuschen Engländerinnen?

Vom anderen Ufer des Ozeans
Rief meine Klassenlehrerin,
Frau Wunderlich, ich hab dich
Gewarnt, und der Schrei
Der Trompete nahm ihr die Stimme.

Geschliffener Stein, verlorener Knochen, tust mir weh
In der Hitze des Mittags, irre Kulisse
Eines apokalyptischen Films, zwischen Seen, Lagunen
Vulkanen und Himmel, ahne ich dich, aber
Kann dich nicht finden. Staub, Sand, Rauch
Verbrannten Fleischs, Kadaver von Hunden
Und Katzen am Straßenrand, zwischen Autogespenstern.
Und dein Herz? Ruinen, der Gleichmut
Der mit Schüssen verwundeten Palmen, Eisenträger
Wie Dornen, Treppen ins Nichts, Wäscheleinen
Im verlassenen Supermarkt. Wo bist du, im Würgegriff
Des Hungers, Managua, der Holzhütten, Holzhütten,
Holzhütten labyrinthischer Barrios? Zerfetzter Kuchen.
Zerbrochener Schaukelstuhl. Verwüsteter Tisch,
Gestürzt von einem entsetzten Gott, planiert
Von Somoza, dem Schwein, der Guardia
National, zur Ader gelassen vom Senat und der Bank
Of America. Zersplitterter Rahmen um ein Bild
Der Hoffnung und Liebe, den Aschegeschmack,
Den du aufwirfst in mir, zerstreuen mit einem Lächeln
Deine Frauen und Männer und Kinder.

Sie sind das Licht. Nicht die Sonne.

Rot hat verloren. Die Bank
Räumt ab. Jetzt setzt man
Auf Schwarz. *Fait votre jeux.*
Die Kugel rollt weiter.
Nichts gilt mehr, Genossen, adieu

Der Frührentner, der über das Leergut gebeugt,
Die Tabletten einsteckt, die Frau küßt, sagt, warte
Nicht mit dem Mittag und, Wochen später,
Entdeckt wird, in einer Schonung, nah der Autobahn
Ohne Abschiedsbrief, neben einem Nylonbeutel
Mit leeren Flaschen und Reiseprospekten

Menschen im eigenen Saft. Wallstreet Ecke
Champs-Élysées.
Um die Gedächtniskirche. Der Brandgestank
Der Pisse. Schön
Wie das Sterben
Hinüberweht in coole Boutiquen, Straßencafes

In der Peep-Show, Rosa-Luxemburg-Straße
Lassen arbeitslose Kommunistinnen
Die Hosen herunter, schnell hin, meine Herren,
Noch sind die Damen ungelenk und die Ohnmacht
So erregend, so sie sich schämt

Tauben und Spatzen streiten um weggeworfenes Brot
Hier, wo wir standen mit unseren Pappschildern, steht
Der Pavillion der *Deutschen Bank*. Eine Vietnamesin
Verkauft amerikanische Zigaretten aus Polen. Sergeanten
Aus Minsk starren auf die halbnackten Mädchen
Zwischen *Prawda*, *Le Monde* und *Washington Post*.
          Mauerstücke
Und *Banner der Arbeit* für Touristen aus Übersee.
          Am Ende
Die Freiheit der Andenkenverkäufer. Zwei Kinder
Winken mit roten Fahnen von *Mitsubishi* und *Coca-Cola*

Das Spiel geendet. Wir stehen
Im blutigen Ernst. Der eiserne
Vorhang gefallen. Das Labyrinth
Wieder offen. Die Pfiffe
Im Dunkel, Zeichen, versichern
Wir uns, der Begeisterung, gelten
Allein unserem endlichen Abtritt

Am Tag als der Kanzler Live
Übertragen, das Bad in der Menge
Jubelnder Arschlöcher nahm,
Vor dem Hotel Bellevue, (Schöne
Aussicht) in Dresden, fuhr ich,
Ebenfalls Arschloch, in Weimar,
Mit meinem Wartburg, Abschied
Zu nehmen, zum Ettersberg
Hoch, noch nicht wissend wovon

Einen Tag nach seinem Selbstmord
Hörte ich seine Stimme
Auf dem Anrufbeantworter. Es geht
Mir, sagte er, gut, jedenfalls
Ganz erträglich, beziehungsweise,
Den Umständen entsprechend, so lala

Sonntag im November,
Wir erwachten, schliefen
Miteinander, schliefen ein,
Erwachten, schliefen
Miteinander, miteinander
Wieder ein, Sonntag
Im November

Fragte man ihn, warum er, obwohl
Undsoweiter ausharrte, im Lager
Der, wie er sagte, balancierend
Zwischen Scherz und Trauer,
Hoffnung, wußte er, obwohl undsoweiter,
Antworten genug, doch fragte er sich,
Angelehnt an die kalkweiße Mauer
Der Nacht, drehte er, obwohl undsoweiter,
Sich, wie ein Verfolgter,
Auf die andere Seite der schweigenden
Mehrheit des Traums

Dezember. Wir weißten das Zimmer.
Beim Abschied am Ofen der Rückfall.
Schmutzige Hosen auf fleckigen Dielen.
Ich in den Knien, du in der Luft.
Heiß meine Hände zwischen
Den Kacheln und deinem Hintern

Dieses Leuchten auf dem Bild eines Florentiners
Botticelli, Bronzini oder so ähnlich,
Erinnerte dich, in der Mitte der Nacht
Erwachend, der Gefangenschaft im Bauch
Deiner Mutter. Jetzt hast du es wieder
Vergessen. Es ist besser. Lösch das Licht aus

Mandelstam, Ossip, in Wladiwostok, denkt an Dante
In Ravenna. Volgiti: che fai / Wende dich um.
Was tust du, Mensch? Dies Leben lebte ich schon.
Geronnenen Bluts dunkler Glanz. Der Mörder
(Nicht ohne Eleganz) ein wenig Anatom, der Henker
Ein bißchen wissenschaftlicher Arbeiter, Towaristsch
Wachmann, *für das Mittelalter*, Neunzehnhundert
Siebenunddreißig nach Jesus Christ. Verkannt/Verbannt
Vermißt/Verbrannt. *Höllenkreise, Saturnringe*
Der Emigration. Gleiche unter Gleichen, entschlossen
Über Rücken und Leichen der Genossen. (INFERNO,
33. GESANG) Kronos', Ugolinis, Dschugaschwilis
Hunger. *Dantes Wort verdeutlicht: den Stillstand*
Der Zeit. Zerkaue deine Nägel vor Ohnmacht und Wut.

Gern gesehen gewesen in jeder Talkshow wäre der
Frühreife Wirrkopf, Wunderkind von Charleville,
Die Skandalnudel der Saison, über die herzhaft
Gelacht werden darf. Akzeleriertes Genie mit miesen
Tischmanieren, Haschisch rauchend, selbstsüchtig,
In Rätseln sprechend, ein Konvertit, eingeflogen
Aus Afrikas Bauch, braun und insektenzerstochen,
Nickend, immer nur nickendes stinkendes Fleischstück
Vor Kameras und Mikrophonen. Nichts da von
Der Seide der arktischen Meere, des Hungers satt
Und der Metaphern. Wie die Geschichte ausgeht?
Verheerend, sehen Sie mich an, ein Beispiel für Alles
Und Nichts, lacht er, kotzt Blut, nimmt den Scheck
Und verschwindet, wo er herauskam, im Dschungel.

Der Spleen der Verlierer. Hinüberzukommen auf die
Andere Seite. Wo sich das Licht bricht
An den Spucknäpfen im Innenministerium. Geld arbeitet
Für die Müßiggänger. Nackte Weiber, lüstern
Auf ein Fingerschnipsen. Ein Fest für den Ekel
Für einen Halbgott im Schattenreich. Oh Mensch,
Unbändiges Tier, schärfst deine Krallen
An Kindergurgeln. Da, lieber Paul, endet die Kunst.
Weiche Epidermis, Auffanglager der Messer. Aus
Der Traum. Willkommen, Dreckstück, in der Hitze
Der Hölle. Eiseskälte, die Parole der letzten Tage.
Bis das Blut friert. Rote Pisse, die das Herz
Berührt. Ja, wo das Fleisch ist, sind auch die Geier.
Die Flasche im Arm, auf der Überfahrt in den Magreb,
Summt er: Nur der ist ein verlorner Mann,
Der in der Haut des Siegers tanzen kann.

Karl Emil Franzos (1848–1904)

Ein stattlicher Mann. Vatermörder
Und Zwicker. Als Plauderer
Gern gesehen in den Salons
Der Berliner Bildungsbürger
Um die Jahrhundertwende.

»Alle Achtung, wie er den Büchner-Brüdern
Die Manuskripte abluchste.«
»Das können sie halt, diese Leut
Aus dem Osten, nichts für ungut,
Krämerseelen durch und durch.«

Der Pojaz, sein großer Roman
Liegt ungedruckt im Schreibtisch.
Das *Schtädtel*, eine untergehende Welt,
Sagt er und ahnt nicht
Wie recht er behalten soll.

Ein Bart wie Wilhelm Zwo,
Mehr hat er mit der Monarchie
Nicht am Hut, ein alter 48er
Mit Bauchansatz, liberal
Ohne radikal sein zu wollen.

Die Reiseberichte aus Galizien
Oder Sachsen-Anhalt finden
Reißenden Absatz, er wohnt gediegen,
Kaiserin-Auguste-Straße, man schätzt
Sein Talent.

Herr Meyer oder Herr Schleyer,
Portier im Verlagshaus
Der *Berliner Abendpost*,
Klopft ihm, des Lobes voll,
Auf die Schulter.

»Wenn ich nicht wüßt, Herr Franzos,
Daß Sie ein Jud sind,
Ich tät wetten, bei Gott,
So wie Sie schreiben, Sie seien
Ein Deutscher, ein Christ.«

Der Mann ist ein Narr.
Er reicht ihm die Hand.
Er weiß, wer er ist.
Es ist keine Schand.

Carl Gustav Jochmann im Saaletal

Wolfgang Heise gedenkend

Zur Flucht verflucht, wer Wahrheit
Sucht. Eine düstere Herberge
Im Saalkreis. Eine Schüssel
Aus Steingut. Ein Körper in Auflösung
Wäscht sich die Achselhaare. Notiert,
In die Ecke der Postkutsche
Gezwängt, seinen letzten Willen. Mein Herz
Möge nach Hause finden.

Auf den Raststätten spuckt er
(Als schneuzte er sich)
Blut in das Taschentuch
Ohne Initialen. Ein namenloser
Deutscher Aphorist, geboren
In livländischen Wäldern, russischer
Untertan, Nationalität: polnisch
(Eingetragen in die Matrikel-Listen
Der Alma mater Lipsensis), ausgebildet
In England. In Naumburg
(Wo das Armengrab wartet) sitzt er
Mit seinem Mädchen aus Trinidad, die Verse
Von Byron im Schoß, unter Palmen
Und Mangobäumen. Träumt und vergeht.

Öffentlichkeit sein Thema,
Sein Schicksal, nicht wahr
Genommen zu werden. Er weiß,
Er ist nicht der erste
Und wird der letzte nicht sein.

Diogenes Cynicus. *Träg im Malen, fleißig*
Im Verzehren. Schlechtes Beispiel
Für die Einsamkeit
Des Artisten. Schmutzkragen, informeller
Mitarbeiter der Lutheraner,
Ohne Honorarvertrag. Seine Pfeife soll,
Wie Isaac Bullaert berichtet,
Nur selten ausgegangen sein.

Winkelkneipen, Korbmacher, zänkische Weiber,
Quacksalber, Dirnen, Hunde, Soldaten,
Würfelnd im Dreck, zerbrochene Stühle, Fässer,
Berauschte Raucher, Trinker, Schweine, Dörrfisch,
Nach dem Katzen schnappen. Das Leben, im Rahmen
Des Möglichen,
Wie es halt abläuft, stinkend, normal.

Unberührt von der Erfindung
Der *Luftpumpe*, Krieg, Newtons
Thesen, dem Abfall
Der Niederlande, Sturz
Des Imperiums Spanien, säubert
Ein Mensch einen Kinderarsch. Oh
Ewigkeit. Wie ihn die Scheiße
Auch anstinkt. Trotzdem wischt er sie ab.

Düstere Aussichten. Realismus. Eine Art
Selbsthaß, die Zerbolzung der Vendôme-Säule,
Ein teurer Spaß. Dreihundertdreiundzwanzig-
Tausend Franc Schadenersatz, Schulden
Bis ins nächste Jahrhundert. *Das Begräbnis*
In Ornans. Das Atelier. Die Steinklopfer,
Entfernt aus den Salons. *Als Fahne benutzt*
Von falschen Freunden, schreibt Zoë,
Die Schwester. *Von wegen. Verfluchte Person.*
Ich fürchte mich vor niemanden und nichts
Auf Erden. Wassersucht und Weißwein,
Ein Schatten seiner Selbst, schwankend
Durch das Exil. *Vevey* klingt nach Abschied.
Das Schlachtvieh, die Leiber der Festung
Versailles gehen nicht aus dem Kopf, nicht
Auf die Leinwand. Er malt *Die Forelle.*
Die Sehne straff, der Haken verschluckt,
Im aufgerissenen Maul. Die Augen starr,
Blutrote Kiemen. Geschleudert ans Ufer,
Schlieriger Stein. 1871 datiert er das Bild.

Draußen der Gaskrieg. Im Atelier, Rue Clichy Nr. 6,
Sichtet ein Blinder seine gesammelten Augenblicke.

Seit den Morgenstunden steigt in seinem Gedächtnis
Eine Nackte in eine Badewanne, aus einer Badewanne.

Gegen Abend hat er den Ausdruck wiederentdeckt.
Der Hauch von Häßlichkeit, ohne den es kein Heil gibt.

Ein leiser Seufzer entweicht den trockenen Lippen.
Varitas est varietas. Sein Latein geht zu Ende.

Er liebte das Zeichnen sehr. Schon seit Monaten
Spricht er von seiner Person im Präteritum.

Ach was, sagt er, wie zu einem Modell, zu sich,
Degas, tun wir mal so, als ob ICH nicht da wär.

Paul Klee (1879–1940)

Skandal ein Fremdwort, Exzentrik
Nicht seine Sache. Der Erfolg
Wirft ihn nicht aus der Bahn. Wer
Mit der Schöpfung wetteifert,
Braucht eine ruhige Hand. Ida Maria,
Die Mutter, der Vater Hans,
Heißen das sichere Hinterland.
Ein Mann voller Wunder
In Filzpantinen. Faustisch?
Schon möglich, allerdings
Eine entschieden weibliche Linie.

Ein Foto aus den zwanziger Jahren
Zeigt ihn im weißen Kittel,
Der diskrete Drogist von nebenan,
Ein Forscher nach Schönheit
Verfolgt seine Linie. *Alles wird Klee.*
Artisten, Fische, Katzen und Kinder.
Kein Ornament, keine Metaphysik
Im billigen Sinn, wirklich wie Engel
Wirklich sind, außerhalb
Der Barockkirchen.

Auf der Klaviatur der Farben
Frei improvisieren, wie eine Fuge
Von Bach, Klarheit
Und Tiefe, ein glücklicher Knabe,
Der Verbitterung trotzend. Als er geht,
Weht das Hakenkreuz
Vor dem Eiffelturm, frißt Goering
Kaviar im *Maxim*. Der Juniwind
Treibt eine Feder in sein Sterbezimmer,
Die Zeit, die Schwebe.

Als wär die Welt, bevor sie bricht,
Für einen Augenblick
Im Gleichgewicht.

Max Carl Friedrich Beckmann (1884–1950)

Ich habe mich mein ganzes Leben
bemüht eine Art »Selbst« zu werden.
Max Beckmann

Aber für meine Handlungen muß ich mich
nur vor mir selbst verantworten.
Anne Frank

Der Zug im Bild *Die Reise*
Verschwindet im östlichen Rahmen. Sirenen
Verkünden die erste Welle. Watte
Und Wachs in den Ohren, unter dem Dach
Des alten Tabakspeichers, *Rikon 85*,
An einen Sparren gelehnt, träumt er
Von einer *Havanna*. Der Krieg zerrüttet,
Rettet sein Herz. Hoch lebe
Die *Volksgesundheit*. Der Mutterwitz
Ist eine feste Burg.

Seine Selbstbildnisse
Rauchen noch immer. Eine Kerze
In der Hand rutscht er
Über die Dielen, Reste von Feinschnitt
Suchend. *Alle Dinge sind nur*
Dazu da, daß wir lernen
Ohne sie auszukommen. Bien dit,
Monsieur Max. Das Hämmern
Der Flak dringt in den wuchtigen Schädel.
Eine *Spitfire* stürzt vor der Stadt
In die Tulpenfelder.

Die Geschwader fliegen nach Köln
Und Frankfurt. Was noch steht,
Geht zugrunde. Er zeichnet
Den *Faust*. Der Mensch, allein
Und unbehaust,

Gerät zur Nummer in den Listen
Der Statisten. Mörder
Mit Sportsgeist, seine Modelle,
Die jungen Männer
Am Meer, aus dem Jahre Nullfünf,
Verbluten vor Warschau.

Ohnmächtige Trauer. Zwei Seiten
Schopenhauer. Und wieder
Sirenen. Die *Airforce* naht
Von *Zaanvoort aan Zee.* Er kam,
Sah und wiegte
Sich dort in den Wellen. Nie mehr
Zurück vom Meer, wollte er.
Entartet, entkommen, erwartet
Er: Frieden, Preußisch Blau,
Cremser Weiß, das andere Ufer.

Die Staffeln ziehen vorbei. *Odysseus*
Und Kalypso erzittern
Auf der Staffelei. Wen kümmern
Die Götter? Im Hinterhaus,
Prinsengracht 263, tausend Schritte
Von ihm, flüstert ein Mädchen
Die Namen der Frauen des Herakles
Ins graue Laken. Am Morgen
Wird man sie holen. Der Maler *fietst*
Durch leere Judenstraßen,
An der *Blauw-Brug*
Über die *Amstel.* Der Zug
Verschwindet im Osten.

Georges Rouault (1871–1958)

Sanft, klaren Augs, ruht der Heiligen
Blick auf den Schrecken, Trost
Spricht Veronikas Mund in die fahlen
Gesichter der Richter in blutigen
Roben, wie zu den Trödlern des Glücks,
Clowns und Huren, Knochenarbeiter
Am Rande der Märkte, ein Wohlgefallen
Vertreibend, für bare Münze, ein Lachen,
Ein Keuchen, eine vage Erhöhung.
In den Vorstädten rötet der Ziegeleien
Staub die Wachshaut der Säuglinge,
Mein Gott, warum verläßt du, die deiner
So bedürfen, die Ärmsten, immer zuerst?

Ich war, sagt P., schon immer dagegen,
Fotos belegen, auf jeder Demonstration,
Am Ersten Mai oder Siebten Oktober,
Hab ich, mit meiner rechten, geballten,
Gestreckten Faust, den Bonzen
Auf der Tribüne, vor aller Augen, gedroht

Deine Stimme hörte ich in der fremden Stadt
Rufen nach mir. Hohl vor Angst, du könntest
Verschwinden, lautlos, im Brackwasser der Nacht,
Holte ich mir bunte Fetzen, Floskeln, Blut,
Aus dem Fernseher, wippendes weibliches
Fleisch, bis ich, gleichgültig wie eine Glasnudel,
Glaubte, auch der Tod ist nicht mehr
Als eine mehr oder weniger gelungene PR-Idee
Der Steinmetze und Bestattungsinstitute

Vor drei Jahren noch tausendarmiger Buddha
Kann ich mir heute die Schuhe
Nicht mehr binden allein. Narr, der ich war,
Hab ich für allzuviele,
Um ihre Ehre die
Hände ins Feuer gelegt

Der Alien sprach, ich sah eine Frau,
Einen Mann, Telefonsex nannten
Sie das, im Fernseher, wie sie die sie
Ihr Leben lang anstarren, heiligen
Schreine bezeichnen, und dachte, wär das
Die Welt, wie sie sagen, (in der ich lebte)
Wollte ich damit nichts (aber auch
Gar nichts) zu tun haben wollen

So wie der endlich trockengelegte
Alkoholiker das Bier sieht, werde ich
Dich sehen und denken, du
Hast mir niemals geschmeckt, dich
Hab ich niemals gebraucht

Man konnte mich abschöpfen, ich lieferte
Nichts und niemanden
Ans Messer. Ich trank und redete immer
Zu viel und zu viel
Durcheinander. Auf mich war
Kein Verlaß. Ein glücklicher Umstand

Der Rundfunk-Moderator B., erklärte
Rundfunk-Moderator A., bekannte
Sich schuldig, er will fürderhin
Der Gemeinschaft dienen.
Politiker und diverse Vertreter
Des organisierten Verbrechens
Lachten sich scheckig
In den gepanzerten Limousinen

Der Sittich Otto
Hat seine Dosis
Marihuana täglich
Im Futternapf,
Der kleine Träumer
Pfeift drauf
Legalize it
Von Peter Tosh.
Er sitzt schon
Lebenslänglich
Hinter Gitter

Ein Mann auf der Auslegware, gekrümmt
Wie ein Embryo, ruft in den Regen
Hinein, in die eigene Achselhöhle,
Die Frau, die ihn geboren hat, deinetwegen,
Mutter, deinetwegen bleib ich noch hier

Den vietnamesischen Zigarettenhändler
Und den vietnamesischen Straßenkehrer
Verbindet weder Hautfarbe, noch
Sprache, noch der Name Nguyen, einzig
Die stumme Verachtung, mit der
Einer den anderen kalt übersieht

Ironie der Geschichte, denkt S., früher
Parteisekretär, heute Geschäftsführer
Des Bestattungsinstituts *Zur letzten Ruhe*,
Im Kühlhaus, an der Bahre
Seines alten Genossen, hatte nicht der ihm
Das Mitgliedsbuch einst vor die Füße
Geworfen, mit den Worten, sowas
Wie Dich bringt mich nochmal ins Grab

Ein kleines Scharmützel,
Eine unbedeutende Blutfehde
Zwischen zwei Brüdern,
Familien, verfeindeten
Lagern. Merkwürdige Angelegenheit,
Die sich hinzog, drei
Oder vierhundert Jahre, ging es
Um Silberlöffel, ein Stück
Seife, Brot, Land,
Eine Frau oder den Maschinenpark?
Alles unklar, alles restlos
Zerstört. Kein Stein
Blieb auf dem andern. Man hat
Sich geeinigt, niemand
Weiß wie, eine Partei
Hat gewonnen, niemand weiß
Welche. Die Überläufer
Wechselten täglich
Die Linien. Die Front war am Ende
Nurmehr ein Phantom.
Jetzt hängen Bettlaken
In den Ruinen. Der Krieg
Ist vorbei. Sieger
Sucht man vergeblich.
Im Innenhof liest
Ein blinder Krüppel
Den Delinquenten
Die Urteile vor.

66 Ode auf die gemeine Klette und George de Mestral, den Erfinder des Klettverschlusses

Arcticum lappa, Zauberkraut, einst,
Wider Dämonen und Donner. Den Extrakt
Ihrer Wurzel empfahl *Hildegard*
Von Bingen gegen Lepra, Steinleiden,
Grind. Mit den Hexen fiel
Auch die Klette dem Vergessen
Anheim. Auf Ödland, im Unterholz
Der Wälder wucherte sie, über Jahrhunderte,
Still vor sich hin, eine Laune Gottes,
Zu nichts zu gebrauchen. Wanderer,
Jäger, Soldaten, zupften
Die widerspenstigen Knöllchen
Mürrisch aus Haaren und Kleidern. Kinder
Zielten damit auf die Rockschöße
Von Hauslehrern und Katecheten.

An einem Maiabend des Jahres
Neunzehn Achtundvierzig
Kehrte George de Mestral, ein Schweizer
Ingenieur, mit seinem Hund
Aus den Wiesen zurück, Kletten
An Hosenbeinen und Strümpfen.
Die Hand in den Flanken des Dackels
Prüfte der Forscher
Eine haarige Kugel. Winzige Häkchen,
Erkannte er unter der Lupe,
Krallten sich fest
In der Wolle. Ihm stockte der Atem.

Was wäre wenn? Was für ein Wahnwitz,
Anzutreten gegen die *ultima ratio*
Von Reißverschlüssen und Knöpfen.
Das Patent lag brach. Eine Revolution
Der Verschlußtechnik

Wuchs an den Rainen. Der Rest war Routine
Und Handwerk. *Chapeau!*, Meister Mestral,
Astronauten und ABC-Schützen
Lieben ihre Erfindung, Sie schenkten
Der Welt ein Geräusch, dieses *Ritsch*,
Und den stachligen Glauben, noch
Für die beste Lösung
Gibt es auf Erden eine, die einfach
Besser und einfacher ist.

Ariel

Er ließ mich allein auf der Silvesterparty,
Im Jahrhundertwinter, zur Zeit der Polenkrise,

Mit seiner blondlockigen Frau. In einer Neubauwohnung
Einer nordthüringischen Kleinstadt zog sie mich

In ihren Schlafsack. Ich schlief mit ihr
Bis in den Mai, während er, im Nebenzimmer,

Die Frankfurter Schule auf dem Nachttisch,
Den Rhythmus mitklopfte, mit den Fäusten

Gegen die Ohren. Beim Frühstück stritten wir
Über die Dialektik der Aufklärung. Von wegen,

Es gibt kein richtiges Leben
Im falschen. Ich spielte Versteck

Mit der kleinen Tochter und griff, saß er
Auf dem Klo, der Frau an die Brüste.

Wir waren Kettenraucher, Sympathisanten
Von Solidarnosc, die besten Freunde.

Sein Deckname Ariel, Adorno, vielleicht
Wiesengrund. (Ein Haus am Stadtrand)

Einmal weinte er, legte den Kopf
An meine Schulter und schwieg. Später

Verloren wir uns aus den Augen. Selten,
Fast nie, spüre ich, treffe ich

Blonde Frauen mit graublauen Augen,
Noch in der Luft seinen Schatten.

Der Frühling der Amokläufer / Im Zeitalter der Minopen.
Immer ganz nah dran. Am Geschehen / Brandherd / Hinterreifen

Des Vordermanns. Diese Neue Unübersichtlichkeit
Muß er gemeint haben, Habermas, das Rabenaas. Zwischen A

Und B ist Nichts. Und Nichts ist Alles,
Nur kein Zusammenhang. Kurz hinter der Elbe, 500 PKW

Ineinander verkeilt. Der Urknall,
Zweiter Versuch. Die Polizei leitet den Pulk um

Die Leichen herum. Eine neue Materie
Aus Blech und Blut. Es ist wie es ist. Wie es ist. Es ist

Nicht zu ändern. Basta, Towaristsch, Schick dich
Darein. Da mußt du durch. Spezialisten

Mit Musaugen, wie Boxer, am Morgen danach,
Lassen, gelassen, vor flimmernden Monitoren,

Die Katze aus dem Sack, Hosianna, das Chaos. Das
Hat dem Weltgeist grad noch gefehlt. Ich sage:

Leckt mich. Nebel ist Leben. Leben
Ist Nebel. Immer von hinten nach vorn.

Euphorie, Katzenjammer. Freundliche Marktlage
Für einfache Kausalketten.

Herr Hegel, Philosophieprofessor, Berlin, gewinnt
Alle Ratespiele im Frühstücksfernsehen.

Davon ab. Etwas Bescheidenheit
Steht dir ganz gut zu Gesicht, insofern

Das Schlachtfeld mit Augen
So genannt werden kann.

Oversized, oversized. Modische Kapriolen,
Overalls, Schultern wie *Superman.*

Ansonsten alles eine Nummer kleiner, geschrumpft
Auf menschliches Maß. Ego ist in.

Morus = Campanella = Sonntagsstaat AG, klimatisiert
Und vorgebräunt zu den globalen Wühltischen.

Davon ab. *Was Sie wirklich suchen*
Finden Sie hier. Headline

Im Schaufenster, Sexshop Bahnhof Zoo.
Leicht gesagt. Schwer

Von der Hand zu weisen. Ach, führe uns
Nicht in Versuchung. Apropos,

Der Spielautomat, Pizzeria Winsstraße,
Heißt *Utopia.* Weiblicher Schlitz

Für harte männliche Münzen.
Faß das nicht an, das

Wirst du nicht los. O Gott
O Schrott.

Nimm deinen weißen Arsch
Und tanz die Tarantella.

Grüßgott, Fukuyama. How are you? Ach,
Man swatcht sich so durch. Kraft

Durch Freude, Freude durch Kaufkraft
Dadadatam. Schöner Götterfunken. Chorisch

Fiepende Einkaufskassen. Paris, Tokio,
New York. Shopping, die große Selbstbegegnung

Telegenmanipulierter trauriger Tiere,
Auf der Suche nach einem Bedürfnis. Demnächst

In Tula: Freedom, die Slipeinlage
Für alle Tage, für alle Democracy,

Eine Angelegenheit der Notare. Erfolg
Macht sexy. Das warst du. Das da. Das Wesen

Mit dem Rabattgesicht, bei den Boxershorts.
Systeme, Subsysteme, Subsub, undsoweiter,

Jählings, undsofort, abstürzend
In die Wiederaufarbeitungsanlage.

Auf den Deponien Utopien. Vorwärts
Zu neuen Erfolgen. Gestrichen. Ufern.

Gestrichen. Technologien. Ach was,
Nichts mehr zu wollen, ein Gefühl,

An das man sich gewöhnen wird. Kurz
Spieltest du mit dem Gedanken,

Mit der Kreditkarte die Pulsader
Zu öffnen, aber dann sahst du

Das Playmate des Jahres in drei Meter Größe
Für eine Süßspeise werben und dachtest,

Geh hin und teste die Ware, morgen
Ist auch noch ein Tag.

La vie ou la vite

Der Penner am Kudamm tanzt mit *Madonna*
Vor zwanzig Fernsehapparaten,

Epochenschrott säumt die Allee
Der Kosmonauten. Welcome

To the machines im Radio. Schnellste Gegenwart
Der Weltgeschichte. Ein *Pin-up-girl*

Mit ausrasierten Achselhöhlen, blond
Und geschmacksneutral wie ein Drei-Minuten-Menü

Aus der Mikrowelle. Sternschnuppen
Über dem *Nürnberger Todesdreieck.*

Zerbeulte Leitplanken. Tempo 130. Richtung
Atlantik. In die Radarfalle.

Im Zyklotron. Im Schnellkochtopf,
Time is money, honey, Totsein können wir

Noch lange genug. Pappeln im Gegenlicht,
Fastfood, Zivilisationskritik mit Senf.

Komm langsam, Lieber, immer
Schneller, aber langsam.

Bretonisches Feld. Hinter dem Zelt
Pinkelst du hockend, ich stehend.

Grillen und Gras. Himmel mit Sternen.
Le dernier rêve: Verzichten lernen.

Inhalt

Satz: Satz Repro Grafik GmbH, Leipzig
Druck: Jütte Druck GmbH, Leipzig
Bindung: Kunst- und Verlagsbuchbinderei GmbH, Leipzig
Schrift: Korpus Garamond und Futura
Gestaltung: Heinz Hellmis
unter Verwendung einer Kartenüberzeichnung
von Stefan Voigt

ISBN 3-928660-37-3